衛斯理系列 少年版 26
魔磁

作者：衛斯理

文字整理：耿啟文

繪畫：鄺志德

衛斯理
親自演繹衛斯理

老少咸宜的新作

　　寫了幾十年的小說，從來沒想過讀者的年齡層，直到出版社提出可以有少年版，才猛然省起，讀者年齡不同，對文字的理解和接受能力，也有所不同，確然可以將少年作特定對象而寫作。然本人年邁力衰，且不是所長，就由出版社籌劃。經蘇惠良老總精心處理，少年版面世。讀畢，大是嘆服，豈止少年，直頭老少咸宜，舊文新生，妙不可言，樂為之序。

倪匡　2018.10.11　香港

方廷寶

陳子駒

衛斯理

傑克上校

柯克船長

第一章

三位**偉人**之死 ☠

廣場上擠滿了人，**陽光 ☀ 燦爛**，雖然天氣並不是太熱，但毫無遮掩地在陽光之下長時間等待，人們也開始感到**不耐煩**了。不過，廣場上的人還是愈來愈多，不願意散去。

廣場在一座博物館的前面。博物館才新落成，是一座仿希臘神廟式的宏偉建築。館中所陳列的物品，是經過各方面的搜羅、捐贈，極其珍貴。連日來在報章上的介紹，

使人想**先睹**👁**為快**，再加上出席博物館開幕儀式的嘉賓，是特地自遠道請來的三位知名**科學家**🧪，人們更希望一睹他們的風采，所以廣場上就形成了**人潮**。

我也擠在人叢中，看來，出席開幕儀式的大科學家遲到了，因為現在已是下午三時，而預定的開幕時間是**一時半**。

我抹着汗，無法退出去，只好等着。我心中在想，電影明星遲到，並不令人感到意外；但著名的科學家居然也遲到，這未免令人有點**啼笑皆非**的感覺。因為我們總覺得，科學家都追求精準，如果做實驗出現一個半小時的**誤差**，將會有什麼樣的後果？

顯然不只我一個人有這樣的想法，因為人潮中已經開始爆發出不滿的聲音。

時間在慢慢過去，我**踮起腳**來向前看，可以看到博物館的職員在忙碌地進進出出，我在想，一定有什麼不尋常的事情**發生了**！

果然，又等了十分鐘左右，只見一個穿著禮服的老人匆匆走了出來，他是一位著名的**學者**，也是博物館的館長。他來到了預先安排好的講台前，那本來是準備給那三位遠道而來的科學家，發表簡短演說用的，兩排**擴音器**在台上整齊排列。

當館長站定之後，廣場上所有人都靜了下來，人們可以清楚地聽到館長濃重的**喘息聲**。聚集了幾百人的廣場剎那間靜得出奇。

　　然後就響起了館長乾澀的聲音，聲音是斷斷續續的，他說：「各位市民，有一個極不幸的消息，我很難過……我們的三位貴賓，他們乘坐的飛機失去了聯絡，有漁船目擊，飛機墜入了大海。」

館長講到這裏，人叢中便炸開了不絕的驚呼聲、嘆息聲，不少情感豐富的女性失聲地叫了起來，甚至**哭泣**。

我也不由自主，大叫了一聲。

等到人叢中的聲音漸漸靜下來的時候，館長才繼續說：「這三位傑出的科學家，是**人類文明**的先導者⋯⋯」

館長讚揚三位科學家對社會的貢獻，同時以極沉重和低調的語氣，宣布博物館正式開幕。

可是這時人潮卻開始向**四面八方**散去，每一個人都發出嘆息聲、唏噓聲。發生了這樣不幸的事，很多人的心情都未能平復，因此打消了參觀博物館的念頭，**黯然離開**。

我本來是站在廣場中間的，當人潮往四面八方推湧之際，我也被擠得身不由己，向外走去。直到我抱住了一根

電燈柱，我才可以站定不動，任由人潮在我身邊流過。

這三位科學家遇難的消息，對別人造成什麼樣的震動，我不清楚，但在我心中所造成的**震動**，卻難以言喻。他們全是最傑出的人物，正如館長剛才所說，他們是人類文明的先導者，他們如果遭遇了不幸，那是全人類的重大**損失**。

所以我不想走，希望獲得進一步的消息。

等到廣場上只剩下零零落落的幾十個人時，我向博物館走去，只見許多**記者** 🔘 已經圍着館長，在探詢消息，館長難過得一句話也説不出來。

我走上了 石階 ，看到了一個熟人，他就在博物館工作。我來到他的身邊，他抬起頭來，木然地望了我一眼，喃喃地説：「**太意外了！**」

「🔍**搜索工作**應該已在進行了？」我問他。

他搖着頭，「沒有用，據目擊的漁民説，飛機直衝進海裏，任何人在那樣的情形下，都不會有生還的機會。」

他講到這裏，略為停頓了一下，再説：「就算是一條**魚** ，那樣跌進海中，也淹死了。」

他說這句話的時候，一點也沒有開玩笑的意思，只是坦白道出三位科學家能生還的機會有多**渺茫**，而我的心情更加沉重了。

他苦笑着問：「剛才館長已經宣布博物館正式開放了，你要進去 **參觀** 麼？」

我搖了搖頭，「不了，謝謝。」

我轉身走下了石階，懷着沉重的心情回到家裏。

一踏入家門，我就聽到電視機的聲浪很大，正在報道三位著名科學家所乘飛機失事的新聞。白素坐在**電視機**  前，表情嚴肅。我來到了她的身後，她才抬起頭來，問我：「你已經知道了？」

我點了點頭，她接着說：「這裏面不會有什麼 **陰謀**吧？他們三位都太重要了！」

我苦笑着：「我不清楚，我只知道這個消息而已。」

　　我們都沒有再説什麼，只是專注地看着**新聞報道**，據報道員説，到現在為止，搜索未有任何結果。而且從畫面上可見，肇事地點的天氣極好，風和日麗，海面平靜，當時飛機也一直在順利飛行，按道理絕不會**無緣無故**墜海的。

　　然而世事就是那麼難測，這架飛機畢竟跌進大海裏了。

我和白素一直到 午夜 還在留意着關於這宗意外的最新消息，但搜索仍然未有進展。

就在我聽完了最後新聞報道，已經午夜的時候，門鈴突然響起。

我走去開門，看到門外站着兩個陌生人，如果單從衣著上來判斷，他們應該都是 上等人 。不過再看兩人的神態和氣質，我立時可以肯定，其中一個有教養、有地位，而另一個只是粗人。

我沒有讓這兩名陌生人進來，只是問：「請問找誰？」

那個被我認為是粗人的立即說：「*找你！*」

我的回應很冷淡：「你們找錯人了，我不認識你們。」

另一人則微笑着說：「衛先生，請原諒我們的 冒昧 ，我們的確不相識，但我們慕名來訪，有一件事情，想請衛先生幫忙。」

第二章

莫名其妙 的邀請

對那兩個陌生人，我始終有着一種自然而然的 戒心 ，所以我仍然不讓他們進來，只問：「閣下是——」

那個斯文人說：「我是一家打撈公司的負責人，這是我的名片。」他取出了一張 名片 來，交在我的手上。

我向名片看了一眼，只見上面印着兩個銜頭，一個是「陳氏海洋研究所所長」，另一個則是「陳氏海底沉物打撈公司總經理」，這個人的名字是陳子駒。

我看了看名片，又抬起頭來，這位陳子駒已經指着他的同伴，向我介紹：「這一位是方廷寶先生，是著名的 *潛水* 專家。」

方廷寶，我聽過這個名字，並且知道他是遠東潛水最深、時間最長的 紀錄保持者。

「原來是方先生，請進來。」我知道了他們的身分後，略放下了戒心，請他們進屋裏坐。

方廷寶不斷打量着我客廳中的陳設，而陳子駒則神情猶豫，像是不知道該如何開口對我說話才比較恰當。

我乾脆 **開門見山** 地問：「兩位來，有什麼指教？」

陳子駒說：「我和方先生兩個人，設計了一種小潛艇，可以在深海中靈活地行駛，用來做很多事情。」

我皺了皺眉，「陳先生，你來找我，是為了向我推銷你們發明的 小潛艇 ？」

陳子駒連忙**解釋**：「不，不，當然不。我只是想說明，在任何打撈工作之中，有了這樣的小潛艇，甚至在夜間作業，也和白天一樣！」

我皺眉更甚，「我仍然不明白你的意思。」

陳子駒吸了一口氣，「那三位著名的科學家，他們的飛機沉進了**海底**，這一件事，你已經知道了？」

一聽他提到這件事，我不禁怦然心動，「當然知道，你的意思是——」

陳子駒說話**慢條斯理**，並且從頭講起：「現在，軍方聯合警方，都在搜索打撈。我的打撈公司只不過是一間**民營公司**，我想，如果我的打撈公司能先發現那沉入大海的飛機，那麼，這將會是一個替公司宣傳的最好機會。」

他居然利用這不幸事件來替自己的公司宣傳，我心中多少有點**憤怒**，但他連忙解釋：「衛先生，或者你還不明白我真正的意思，我是說，我們有最好的設備、最好的人員。官方有可能永遠找不到沉沒海底的飛機，但我們可以！」

我*冷冷地*說：「那你大可以向有關當局申請，參加打撈工作。」

方廷寶直到這時才開口：「我們試過了，但被拒絕，所以我們才決定**自己行動**，我們一定能有所發現。」

我的怒氣已漸漸平復，因為能及早將飛機找出來，也是一件好事。我於是點着頭，「你們可以去進行，不必來跟我說。」

方廷寶立即說：「我需要一個**助手**！」

我終於明白他們的來意了，可是心中卻更疑惑，便

問：「陳先生主理一家打撈公司，難道找不到別的潛水
員？」

陳子駒說：「有，我們公司一共有十二個潛水員，但
是除了方先生之外，其餘的人都難以擔當這個**任務**，所
以我們想到了衛先生，想請你幫忙。衛先生的名氣大，本
領高，我們一直佩服。」

陳子駒給我戴了一連串的**高帽子**，但是我絕對沒有飄飄然的感覺，反而覺得事情更加古怪，他們兩人一定有什麼不可告人的陰謀。

在我保持**沉默**的時候，方廷寶又說：「衛先生要是答應的話，我們立刻就可以出發，我相信在天亮之前就可以有結果了！」

我覺得他們還有很多事情隱瞞着沒有說出來，於是**試探**道：「我看我們之間的談話，應該坦白一些。」

陳子駒卻誤會了我的意思，馬上說：「當然，衛先生如果參加我們的工作，我會付酬勞，不論有沒有結果，酬勞都保證令你滿意，我

可以先付一半，你喜歡 **現鈔**　，還是　**支票**？」

我連忙阻止他伸手入袋取錢出來，「你誤會了，我自知不夠資格參加深海打撈工作，你們是專業的，心中應該也很清楚這一點。」

只見陳子駒和方廷寶兩人互望着，現出**十分尷尬**的神色來。

陳子駒嘆了一聲，「衛先生，是這樣的，我們知道你對於一切神秘事件，有着豐富的經驗。」

我立刻疑惑道：「這次墜機，有什麼神秘？」

「三位知名的科學家，在天氣那麼好的環境下墜機失事，**這還不夠神秘麼？**」陳子駒説。

他以那樣空泛的話來回答我的問題，顯然是不想向我透露太多。而我也冷淡地回應：「是的，這件事看起來有

點神秘，不過，只怕我不能勝任。」

　　方廷寶卻着急地說：「衛先生，我有你的 潛水

紀錄，知道你一定可以成為我最得力的助手。」

　　我心中的疑惑又增加了幾分。我的潛水紀錄，以一個

業餘潛水者而言，確實是相當 出色 ，但也不至於能獲

得方廷寶這種頂尖好手的推崇。由此可知，方廷寶他們來

找我，是**另有目的**，絕不是為了找一個潛水助手那樣簡單。

可是，他們究竟有什麼目的，我實在沒有法子想得出來。

在這樣的情況下，最好的辦法，自然是**走一步瞧一步**，看他們的葫蘆裏究竟在賣些什麼藥，所以我說：「既然連方先生也認為我有資格，我樂意為打撈工作盡一分力。」

一聽到我答應了，他們兩人互望着，顯得很高興。我又試探地問：「是不是那**飛機**✈中有什麼特別的東西，所以才引起了你們的興趣？」

「不，不，沒有什麼特別的東西。」方廷寶忙於掩飾，顯得更加可疑。

我幾乎肯定他們在利用我，但我刻意裝作不知道，打算慢慢去探求**真相**。

　　我向白素交代了一聲，然後便跟着他們兩人出發。我什麼都不用帶，他們有着一切所需的**潛水裝備**。

　　我們上了一輛性能極佳的汽車，由方廷寶駕駛，*疾駛而去*。

　　到了碼頭，我看到一艘約四十呎長的白色遊艇，已**停泊**在碼頭邊。憑我的經驗，一眼就可以看出，那是一艘性能極佳、非同凡響的遊艇。

　　我和方廷寶兩人登上了遊艇後，陳子駒卻忽然偽託有事，說要慢一步再來。我心中知道有古怪，正想**全身而退**之際，遊艇卻馬上開動，我已經來不及退出了。

第三章

柯克⚓船長

遊艇離開碼頭，速度*漸漸* **加快**，碼頭上的燈光也漸漸模糊。

我從甲板回到了駕駛艙，問方廷寶：「現在只有我們兩個人，如果我和你都下水的話，那麼，誰在水面上接應？」

方廷寶只是**咳嗽**了幾下，顯然在掩飾內心的不安。

我繼續逼問：「方先生，你還未回答我的問題，如果我們兩個人都下水，那麼誰給我們做**接應**？」

在我的逼問下，方廷寶才勉強回答道：「你別  心急，還有人在前面和我們會合！」

原來方廷寶還有**同黨**在前面，我必須趁現在只有方廷寶一人，比較容易對付的時候，多了解一點**實情**才好，於是立即又追問：「在前面的是什麼人？」

方廷寶顯得有點不耐煩，粗聲粗氣地說：「你問得實在太多了！」

我知道自己的處境愈來愈**危險**，而對付方廷寶這種人，是絕對不能客氣的，於是迅速出手抓住了他的後頸，分別用拇指和食指捏住了他頸旁的動脈，將他整個人硬生生從駕駛座**扯**了出來，厲聲喝道：「回答我的問題！」

　　方廷寶的體格雖然很強壯，但面對我的**突襲**，他根本沒有抵抗的餘地，只能叫着：「我不知道，我真的不知道！」

　　我狠狠地**瞪**着他，「你不知道？」

　　方廷寶高聲叫了起來：「放開我！」

　　我非但不放開他，而且手指扣得更緊：「**說！**不然，**我**可以**輕易扭斷你**的頸骨**！**」

　　方廷寶駭然道：「別那樣，我說了，我們接到委託，去打撈那飛機！」

「那跟我有什麼關係？」

「我們的**委託人**指定要你一起去，所以我們才來找你，委託人是誰，我也不知道，我們只是約定了在前面相會！」

我呆了一呆，原來在陳子駒和方廷寶背後，還另有**主使者**。

我質問他：「你們來找我的時候，為什麼不説明這一點？」

方廷寶苦笑着，「怕你不肯去，那麼，就接不到這筆生意了！」

我鬆開手指，將方廷寶**推前了一步**，説：「你知道我是不夠資格參與這種打撈工作的，是不是？」

方廷寶**用力**揉着後頸，一臉怒容，卻又不敢將我怎樣，只是憤然道：「你當然不夠資格，真不明白對方為

什麼一定要你參加！」

　　我還想追問下去，但才一開口，方廷寶已經很不耐煩地說：「別問我了，我真的不知道，反正就要和他們會合了，你自己問他們吧！」

　　方廷寶向前指了一指，我看到前方有一點**燈光**，大約在五百碼之外。我順手拿起了控制台上的一具**望遠鏡**○○，向前看去，看到那是一艘遊艇，足有一百呎長。

　　雖然看得不是十分真切，但也隱隱約約可以看到那船上有着不少人。不一會，那艘遊艇上，還有人向着我們打燈號。

我放下望遠鏡，十分鐘後，兩艘船已經靠在一起。在那艘船上，跳下了兩個穿着**水手制服**的大漢，齊聲問：「誰是衛斯理，跟我們來！」

他們的態度如同獄卒在**監房**中喝令犯人，看到我們船上只有兩個人，自然估計到我就是衛斯理，那兩個大漢便向我走來，一邊一個，伸手挾住了我的**手臂**，推着我走，真的像押解犯人一樣。

他們那種惡劣的態度，我實在無法忍受，於是用力一

掙，身體向後一縮，擺脫了他們兩人，然後趁他們還未及轉過身來，我已**雙拳齊出**，擊向他們的脊柱骨，發出「*碎**碎***」兩下聲響。

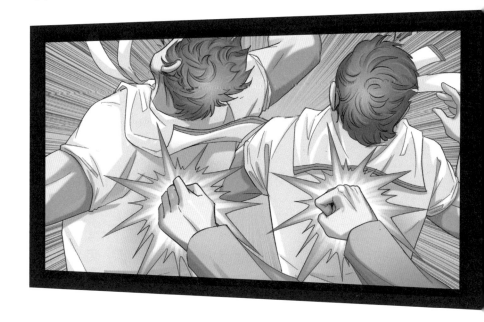

那兩個大漢連還手的機會也沒有，腰際馬上又被我踏前以雙肘撞擊，兩人一起發出驚呼聲，「*撲通**撲通***」的滾出了船舷，雙雙跌進海裏去。

這一切，雖然只不過是幾秒鐘內發生的事，但對方的船上已聚集了不少人在船舷上，當那兩個大漢落水之際，又有三四個人跳了下來。

同時，在那艘船上，突然有人沉聲喝道：「怎麼一回事？為什麼打起來了？」

隨着那一下**呼喝**，聚集在船舷上的人都一起向後退了開去。

而那幾個躍下來的人，本來是準備對我動手的，但一聽到那呼喝聲，也立即退了開去。

我抬頭一看，只見對面的船上，出現了一個**身材矮胖**，穿著船長制服的中年人。

那中年人直視着我，我知道他一定就是特地要方廷寶邀我來的人。

這時，那兩個被我弄跌到海裏去的大漢，已經**掙扎**

着游到了船邊。那中年人向他們厲聲喝道：「我叫你們去請衛先生，為什麼打起架來了？」

那兩個大漢在水中吃盡苦頭，答不上話，只好由我來答：「主要是我不喜歡他們請我的態度，同時也不高興你要見我的辦法！」

那中年人略呆了一呆，隨即「呵呵」大笑道：「真是快人快語，請接受我的道歉，但是我相信，你一定很樂於與我會面！」

「憑什麼？」我冷冷地問。

那中年人說：「我叫柯克，人家都叫我柯克船長。」

聽了他這樣的自我介紹，我不禁呆了一呆，因為我記得傑克上校曾告訴我，現在依然有海盜，其中一個叫柯克船長的，還擁有最現代化的設備，在公海出沒無常，走私、械劫，無惡不作，連國際警方也奈何不了他。

　　我實在想不到，今晚會遇見這樣一個人物，頓時覺得事情變得更**複雜**了，而且很可能涉及犯罪行為！

　　我呆了一呆之後，微笑道：「原來是**鼎鼎大名**的柯克船長，你要見我，所為何事？」

　　柯克船長仍是「呵呵」地笑着，他那種**空洞**的笑聲，給人一種極其恐怖的感覺，「我知道你喜歡將經歷過的許多古怪事，記述出來，寫成**小說**，而我恰好有一個很棒的小說題材要提供給你，**請上來。**」

　　我審時度勢，看到柯克船長身邊列着十來個大漢，而在方廷寶的遊艇上，也有四個大漢一直對我**虎視眈眈**。我還清楚知道，跟隨柯克船長的人，都是亡命之徒，柯克的船是各地著名罪犯的**最佳逃難所**。此刻我實在不宜跟他們硬碰，只好接受邀請。

　　我於是説：「我相信你的話，因為單是和你這樣的人會面，已經可以寫成一篇小説了。」

　　柯克船長仍然「呵呵」笑着，親自向我走來，伸手將我拉了上船，然後向方廷寶説：「請上來，方先生，多謝你代我請到了衛先生。來，我希望立即開始工作，不喜歡**耽擱**時間🕐。」

　　方廷寶也上了船，我和他跟着柯克船長，一起來到了一間 **艙房** 之中。

　　我雖然還未有機會仔細參觀這艘船，但也知道這船上有着一切 *最先進的設備*。不過，當我走進那間艙房時，我卻幾乎笑了出來。

第四章

雲南石林 遠古臆想

那個艙房毫無疑問是一間船長室，寬敞而豪華，可是它的一切佈置卻是十八世紀的風格，置身其中，不禁以為自己身處一艘**古老的海盜船**上。

柯克船長看出了我的神情有點古怪，微笑道：「覺得奇怪？沒有辦法，我是一個極其懷舊的人，很懷念海盜縱橫大海的時代。那時，海盜就是**海的主人**，不像我現

在那樣，只是一個要靠東躲西藏，逃避追捕的小偷，所以我**懷舊**。」

他嘆了一口氣，隨即又提起精神說：「我們別再談這個問題了，你們來看！」

他說着走到了一張桌子前，桌上已攤着一大幅**地圖**，柯克船長指着一處說：「方先生，我知道你在這裏，曾有過潛水經驗。」

方廷寶仔細審視了地圖片刻，「不錯，在這裏，我曾深潛過三百五十呎。」

柯克的手指在地圖上往**南**移，移到了許多插着小針的地方，「這裏，便是軍警聯合在搜尋飛機的地方，他們一共派出了十二艘船，但是一直找不到沉機。」

「為什麼？」我問。

「因為**沉機**不在他們**找**的地方 ——」

柯克船長連頭也不抬，手指向西移，移出了寸許，照地圖的比例大約是十五海哩，「而是在這裏！」

「你怎麼知道？」我立時問。

柯克船長卻沒有回答我，只說：「這裏水深六百呎以上，方先生，你認為找到沉機的機會是多少？」

方廷寶沉吟着：「那很難說。」

我又問：「我絕非**深海**_潛水專家_，你找我來幹什麼？」

柯克船長仍然不回答我的問題，「方先生，請你和我的 **大副** 去聯絡，準備下水，我已下令駛往沉機的地點了。」

面對柯克船長這樣窮兇極惡的海盜，方廷寶也不敢有什麼意見，只好**唯唯諾諾**地照着指示做。

方廷寶走出了船長室後，柯克船長請我坐下來，終於談到了問題的中心，他說：「那架飛機中，有三個著名的科學家，其中一位**齊博士**，他帶了一件禮物，是贈送給博物館的，你知道嗎？」

我感到很意外，吸了一口氣，「不知道。」

柯克船長繼續說：「那是一個**中國人**交給齊博士，要他送給博物館的。那件東西還未到齊博士手中的時候，有人曾經出**極高的價錢**💰向這個中國人洽購，可是他不肯賣。」

柯克船長講到這裏的時候，略頓了一頓，才補充道：「對方的出價十分高，可還是買不到，他們知道那東西到了齊博士的手中，於是，就只好用最不得已的辦法了。」

　　我心中有一股怒火直向上升，忍不住喊叫了起來：「是**謀殺**！」

　　柯克船長皺了皺眉：「你不必對我大聲叫嚷，弄跌飛機的並不是我，是某國的特務。對他們來説，弄跌一架飛機根本是一件**小事**。」

　　我瞪着他，「那麼你扮演的又是什麼角色？」

他說：「我在飛機失事之後，才接到委託，要在**飛機殘骸**中，將那東西找出來，交給他們。」

我霍地站起，「那和我有什麼關係？」

「請聽我說下去，我和你一樣，是一個**好奇心極強**的人，當我接到這樣的委託之後，自然就想起了一個問題來──那件東西究竟是什麼？」

那的確是個很耐人尋味的問題，他興致甚高地繼續說：「你想，**特務**所感興趣的，應該是走在科學尖端的東西，而那玩意兒，是要贈送到博物館去的，某國的特務為什麼會對一件**老古董**產生那麼強烈的興趣？你不覺得事情很奇怪麼？」

我點了點頭，「是的，那太奇怪了，難道你沒有直接問對方，那究竟是什麼？」

柯克船長嘆了一口氣，「我問了，但是他們不肯說。

不過我也有自己的辦法，我作過一番 **調查**，對那件東西
的來龍去脈，多少有了一點概念。」

我被柯克船長的話引得 心 **癢難熬**，連忙問：「那
是什麼東西？」

柯克船長沒有直接回答，
反問道：「在中國，有一個
地方叫雲南？」

「是的，**雲南省**，那
是中國許多美麗的省份之一，
你提起它來，是什麼意思？」

柯克船長還是沒回答我
的問題，又問：「在雲南省東
部，有一個地方叫路南？」

我點了點頭，「是的。」

柯克船長忽然含笑望着我：「你是一個中國人，你可知道路南這個地方，有什麼著名的東西？」

「自然知道，路南有舉國聞名的石林，那是景色最奇特的地方，成千上萬奇形怪狀的石柱，聳立在地上，有的高達十幾丈，那是地質學上『喀斯特現象』形成的一個奇景。不過，現在我們討論的事，和路南石林有什麼關係？」

柯克船長說：「你等一會就明白，請你先多說一些石林形成的事。」

我皺了皺眉，對他大賣關子感到有點不滿，但還是把我所知道、關於石林的事，告訴了他：「路南石林的景象，極其雄偉，石林的形成，有不少美麗的傳說。但這些全是神話，其中和八仙之一的張果老有關，不過對你這樣一個外國人來說，根本無法弄得明白的，所以我還是從

科學的觀點去講吧。石林這片地方，它的面積約有二十平方公里，原本是海底，那些石頭是海底的巨石，經過億萬年海水的侵蝕，後來由於地殼變動，海水變成了陸地，這些大石全是石灰岩，見到了陽光容易**風化**，經過上億年的風化後，剩下的就是千奇百怪的石柱，這種現象在地質學上稱為『**喀斯特現象**』，世界各地都有，在南斯拉夫，也有一大片喀斯特現象形成的自然奇觀。」

柯克船長一直用心聽着，「那些石柱，自然都有着悠久的**歷史**了？」

「當然。」我說：「地質學家估計，它在兩億八千萬年之前已經形成了！」

柯克船長像是**十分嚮往**地說：「它們的歷史實在太久遠了！」

我好奇地望着他，「你這樣說是什麼意思？路南石林

只不過是集中了許多形狀奇特的**石頭** ，形成了一個奇麗的景色而已，它們的年齡並不算很特別，地球上任何一塊石頭，都可能有上億年的歷史。」

柯克説：「是，可是它們不同。普通的石頭，並沒有被風化，你明白我的意思嗎？我是説，石林中的石柱，**從海底**到了**陸地**，又經過風化作用，本來深藏於海底的石頭中心部分，如今暴露在空氣之中了。」

「我仍然不明白你的意思。」

柯克船長卻異常興奮，**揮**着手解釋：「你真的不明白？要是在三億年前，海底一塊巨石的中心部分，藏着一

件秘密東西的話，經過三億年之後，這件秘密東西，就有可能暴露在空氣之中！」

我聽得一頭霧水，「你的想像力實在太過豐富了！」

柯克船長搖着頭，「衛先生，你太令我失望，從你以往的紀錄來看，聽到了我這個想法，反應不該如此冷淡。」

我聳了聳肩，「難道你期待我會跟你到路南石林去，在每一根石柱上，**檢查**🔍有沒有什麼秘密東西暴露了出來？」

柯克卻露出了 **蠢蠢欲動** 的眼神説：「事實上不必那麼做，因為有一件東西，已經被人發現，而且，正是我們現在要去找的！」

第五章

對於柯克提及的那件東西，他確實做過很詳細的調查，並告訴我：「我剛才説過，那件東西原本屬於一個中國人，而據我調查所知，那東西是他在一次路南石林旅行時，從其中一根石柱上**敲下來**的。」

我深深吸了一口氣，「那是什麼？」

柯克船長笑了起來，「這也正是我的問題，那是什麼？那位中國人是一個**大富翁**，有一幢很大的房子，那東西曾經作為他廳堂的裝飾，所以我約見了見過那東西的人，問個清楚。據他們説，那是一塊形狀十分奇特的石頭，但是在石頭中，有一個**圓形**的球狀物暴露了出來，

那球狀物約有一呎直徑大小，露出的部分只有不足六分之一，看來相當 *光滑*，像是一個製作極精美的金屬球。」

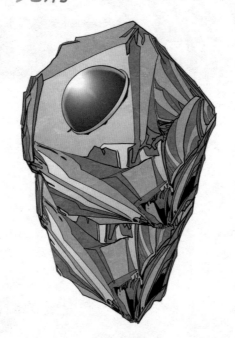

我疑惑道：「這的確很奇特。但僅僅一件奇特的東西，就算引起了某國特務的興趣，也不至於要謀殺三名科學家，並毀了一架飛機。他們之所以那麼做，一定是知道那東西有很大的 **價值**。」

柯克點頭道：「你說得對，可惜他們不肯說，而我又查不出來。」

我又問：「那位中國人，他為什麼寧願將這東西送給博物館，也不願高價讓給某國呢？」

柯克說：「第一，他富有，不在乎錢。第二，他極其**憎恨**某國。」

我不禁嘆了一聲，「於是造成了三個科學家沉屍海底的**悲劇**。不過，這件事依然和我一點關係也沒有，你找我幹什麼？」

「我讀過許多你的作品，知道你對一切**怪誕**的事情感到興趣，而且經驗豐富，想像力強，我正需要你這樣的一個助手。」

我不置可否，只問：「你說的怪誕事情，是指那個球體？你認為它會是什麼？」

柯克船長**攤**着手，「我不知道，完全無法想像。你想，石林形成已有將近兩億年的歷史，換句話說，那東西的年齡至少在兩億年以上，我怎能想像得到那是什麼？說不定是**史前怪獸**的**巨蛋**。」

我不禁笑了起來，「哈哈，説到想像力，你還比我強得多，都快變成第八流的科幻電影了。」

柯克有點不滿地瞪着

我，我説：「船長，你或許不明白，中國人手

工精巧，世界聞名，我們能將**象牙**雕成數十層，層層

都有可以轉動的象牙球。要將一個球形物體，鑲進石頭中去，令它只有六分之一露在外面，那是容易不過的事。」

「但你別忘記，剛才你自己也說，某國特務一定是知道那件東西有很大的價值，才會做那樣的事。他們絕不會為了一件 ✦工藝品✦ 而大費周章吧？」

柯克用我的話來駁斥我，使我根本沒有 *辯駁* 的餘地。

我想了一想，説：「或許那東西真的很有研究價值，但和你我都沒有關係，因為就算你找到了，也要交給特務組織，他們既然不肯把秘密告訴你，那就更不會請你我去一起研究。」

當我的話説完之後，柯克船長忽然大笑起來，拍着我的肩頭説：「**好朋友**，你忘了一件事。」

「什麼事？」

「你忘了我是柯克船長！」

我立時明白他的意思，不禁深深地吸了一口氣，「你不是在開玩笑吧，你打算欺騙他們？*你明知他們不是好對付的！*」

柯克船長聳聳肩，「只要在海上，國際警方找不到我，特務也是一樣，沒有法子找得到我的。」他說得充滿**自信**。

我對那東西當然感到興趣，但我既不想與海盜為伍，也不願意替某國特務組織辦事，於是婉拒道：「對不起得很，我可沒有你的本事。我不想和你一起永遠在海上**流浪**，如果你還可以稱得上君子，那麼請你讓我回去，不論你做什麼，都與我無關，而我也不會說出去。」

我以為他一定會吩咐手下對付我，不會輕易讓我離開，所以我輕輕握住了拳頭，已經作好**殺出重圍**的準備。但想不到，他居然沒有阻止我離開，還說：「好吧，我知道我不能勉強像你這樣的一個人物，不過，我希望你離開後，能好好考慮清楚，若回心轉意的話，隨時歡迎你回來跟我一起 合作 。」

他期望我會回心轉意，但我卻趁他改變主意之前，匆匆跟他道別離開，回到由方廷寶駕駛來的那艘遊艇上。

我自然不必去理會方廷寶，因為他和陳子駒都接受了柯克船長的**聘請**，為其辦事。

柯克真的沒有阻止我離開，我連忙發動**引擎**，遊艇在海面上轉了一個彎，疾衝而去。

當我駕着遊艇，快近岸的時候，天氣突然變得惡劣，下起**滂沱大雨**來。

幸而這時，我早已看到了碼頭上的燈光，在一片迷霧和大雨之中，我跳上了岸，只不過**奔跑**了幾步，身上已被雨淋得濕透了。

我跑到對面馬路避雨，**打了電話**給白素，讓她開車來接我回家。

大雨仍未止，白素靜靜地聽着我的叙述，在我講完之

後，她才説：「你的決定很正確，和柯克船長這樣的人在一起，不會有什麼 **好處**。」

我皺着眉，苦惱道：「我現在考慮的是，該不該和警方聯絡，告訴他們找錯了位置。」

白素溫柔地道：「回去先休息一下，不必想太多了。軍警聯合搜索，有着 **最新的** **儀器** **裝備**，不見得會比柯克船長差。而且現在天氣這麼壞，搜索工作恐怕也要 **暫停**。」

回到家裏，我洗了一個 **熱水浴**，躺下來，很快就睡着了，一覺睡到下午二時才醒，看了一下即時新聞，得知打撈工作依然毫無進展。

我知道傑克上校正是這次打撈任務的 指揮官，忍不住打了一通電話給他。他一聽出是我，就很不耐煩，粗聲粗氣地説：「對不起，有話快説，我很忙！」

他一**開口**就**惹怒**了**我**，我便刻意高傲地說：

「好的，你很忙，那麼我不說了，雖然我有一點關於沉機的資料。」

他馬上叫了起來：「**別掛線**，是什麼資料？怎麼得來的？快說！」

「你不是很忙麼？」

傑克上校咕嚕地罵了一聲，我也不繞彎子了，直接告訴

他：「你們現在的 **搜尋**  **位置** 可能是錯誤的，我已經知道，飛機之所以會失事，是由於某國特務的破壞。」

傑克上校呆了片刻，「你真是神通廣大，我們也是剛剛從一些迹象中，開始 **懷疑** 到這一點，你怎麼早就知道了？」

我洋洋得意，又說：「我建議你們馬上將探測位置往西移，才有機會先發現那飛機。」

傑克上校畢竟是 **高級警探** ，觸覺敏銳，馬上聽出了疑點，質問道：「你説『先**發現**那**飛機** 』，是什麼意思？」

我立時呆了一呆，心裏暗叫糟糕，我説漏嘴了！

第六章
提供情報

　　我絕不想**出賣**柯克船長，而且我也答應過他，不會把他的事說出去，所以我對傑克只說了特務組織和搜尋位置錯誤的事，隻字不提柯克。但是我不小心說漏了嘴，使傑克起了疑心，步步逼問：「你的意思是，還有別人在尋找那架**沉沒**了的**飛機**？」

　　我故作輕鬆應對：「當然了，至少製造這次意外的特務，就想找到沉機。」

　　我實在太小看傑克的偵探頭腦了，以為把話題全推到特務身上，就可以**轉移焦點**，卻沒意識到自己又說漏了嘴，讓傑克知道了更多。

他笑了一笑說：「那麼你的意思是，某國特務製造這次意外，不是為了殺人或是作出什麼**警告**，而是為了得到飛機上的某些東西？」

天啊，我已經透露得愈來愈多，不敢再說什麼了，但傑克卻仍然在**層層推敲**，不斷質問我：「而且，為什麼你會知道這麼多？某國特務找上你

了？找你幹什麼？難道要你幫忙打撈？」

「我要說的就是這麼多，你不用再問我了。」我決定不再多說。

但傑克完全不理會我，自顧自地繼續推敲，在電話另一端**自言自語**：「但他們找你也沒有用啊，你又不是這方面的專家。如果我是特務組織的負責人，要找也找一些職業潛水員、專業打撈公司，或者非常熟悉**大海**環境的人……」

「喂喂，我沒義務陪你分析 **案情**，你要推敲就自己去推敲，我要掛線了。」

但他依然不理會我，繼續在喃喃自語，就在我準備掛線之際，他突然叫了一句：「是 *柯克船長*！」

我呆了一呆，才問：「你為什麼突然說起這個人？」

傑克說：「最近我們有柯克船長東來的 **情報**，一直不清楚他東來的目的是什麼，但和這件事拼起來看，就有點端倪了，他會不會也是為了打撈這飛機而來？你是不是知道些什麼？」

「我怎麼會知道。」我的回答只是遲疑了一下，就 **露出馬**腳。

今天頭腦特別清晰的傑克，一聽了我的回答，就說：「你果然知道。」

「喂喂，你不懂**中文**嗎？我說我怎麼會知道！」

他完全無視我的話，又開始自顧自地推敲：「飛機上到底有什麼**重要**的**東西**？能引起某國特務和柯克船長這麼大的興趣？等等，我們曾問過博物館館長，他說齊博士有一件禮物要帶來博物館的，難道就是為了那東西？但那至多不過是一件古董，不至於……」

到了這個時候，我知道自己也難以再**假裝**下去了。在柯克船長和傑克上校之間作選擇，我當然選擇後者，因為我有獨特的身分，國際警方曾頒發給我一種特殊的證件，證明我和國際警方之間的**特殊關係**，全世界有這樣證件的人，不超過十七個。

我於是告訴傑克：「就是這件古董，引起某國特務極大的興趣，他們因此製造了**飛機失事**，並重金委託柯克船長去打撈它。」

傑克「嘿嘿」地乾笑着，因為他終於成功向我套問出了這些資料。

「那古董究竟有什麼特別？」他又問。

我簡單地回答：「我不知道。」

我並沒有騙他，事實上，我的確不知道那是什麼，柯克船長只向我描述了那東西的外貌，是一個 **圓 球** 嵌在一塊歷盡風霜的石頭中。那圓球是什麼，他不知道，我也不知道。

「你真的不知道？」傑克問。

「真的不知道，連柯克船長也不知道。」我説：「但是某國特務一定知道不少，否則他們不會如此不 **擇** 手段想得到那東西，你不妨和情報部門聯絡一下，或者可以有一點 *頭緒* 。」

「好的，謝謝你告訴我這些。」傑克説完就掛線了。

　　剛才我一直想掛線都不成功，現在傑克倒也爽快，覺得我已經沒有什麼 **資訊** 可以提供了，便立刻掛線。

　　接着一連兩天，官方的搜索行動依然未有任何進展，而從新聞報道可知，傑克上校相信我的話，已經調整了搜尋位置，並且派出許多 **水警輪** 在現場作戒備。

　　到了第三天早上，事情仍然沒有什麼進展，我感到有點奇怪，決定去陳子駒那裏打聽一下消息，看看他們是不是已經快一步把東西打撈到了。

　　我找出陳子駒的名片，根據 **地址** 來到了商業區的一幢樓高三十層的 **大廈**，上了二十五樓，找到了陳子駒的那家公司。當我推門進去時，一個笑面迎人的女職員問：「先生，需要什麼幫助？」

　　「我想見陳子駒先生。」

「可有**預約**麼？」

　　我笑了一笑，「前幾天他來我家時也沒有預約，所以我們見面是不用預約的。」

　　那女職員呆了一呆，「先生是——」

　　我報了姓名，女職員轉身向「**總經理室**」走去，我跟在她的後面，在她敲門的時候，我已經踏前一步，將門推開，走了進去。

　　陳子駒在**辦公桌**  後抬起頭來，當看到了我的時候，他的臉色顯得極其尷尬，我向那女職員一笑，然後**關**上了門。

　　「好久不見，打撈工作順利麼？」我在陳子駒的對面坐了下來。

　　陳子駒勉強地笑着，「我以為我們之間已沒有什麼*糾葛*了，你並沒有接受委託。」

　　「是的。」我說：「不過我們之間，並非完全沒有糾葛的，至少，你該感激我，沒有向警方提及你和柯克船長的關係。」

　　我這句話一出口，他就像被**踩中了尾巴**一樣，霍地站了起來，失聲道：「我不明白你在說什麼，我和他沒有關係！」

我冷冷地望着他：「希望你在警察面前，語氣也同樣堅定。」

他瞪了我好一會，才像洩了氣一樣坐了下來，「你想得到什麼？老實説，在我身上，你得不到什麼好處。」

我笑道：「你以為我來向你勒索？我只不過想打聽一下，柯克船長的工作有了什麼進展？」

我的話剛一説完，陳子駒還未作任何回答，我的身後就響起了一把聲音：「如果不是你向警方作了卑鄙的報告，我已經得手了！」

那是柯克船長的聲音！

　　我實在吃驚得難以形容。雖然我早已料到，陳子駒和柯克船長有一定的聯絡，但是我絕想不到，柯克船長會在這裏出現。他是一個五十餘國警方都在 **通緝** 的逃犯，竟敢公然在這裏出現，膽子也實在太大了！

　　我立時轉過身去，只見一道 **暗門** 正在迅速移開，柯克船長自暗門中走了出來。

第七章

柯克
的提議

柯克船長的臉色很陰沉可怕，他凝視着我，「**我**對**你**實在**太失望**了，衛斯理**！**」

我冷笑道：「要怎樣才不失望，跟你一起去做海盜？」

柯克船長怒道：「我沒有要求你做海盜。我感到失望的是，你居然對於一個可能蘊藏着宇宙最大奧秘的東西，一點興趣也沒有，不願意和我一起去 **探索** 和 **研究**！」

　　柯克船長這樣指摘我，倒令我一時之間難以反駁，他忽然嘆了一聲說：「你想來探聽什麼，你以為在二十多艘水警輪的 **監視👁** 下，我還能有什麼收穫嗎？」

　　「但警方已經在你所指的位置搜索了幾天，依然*沒有收穫*，會不會你也受人蒙蔽了？」我懷疑道。

　　「你是指某國特務？」柯克搖頭說：「不可能，我在海上，也親眼看到飛機跌進海中，它沒有爆炸，完整地跌進了海裏。」

「如果搜尋的地點是對的，難道飛機跌進大海後會自己**消失**？」

「不知道，真的不知道，我已經**放棄**在水中搜索了。」柯克説。

我呆了一呆，柯克船長決不是會輕易放棄一件事的人，而我很快就明白了他的意思，他只是放棄了搜索，但並沒有放棄那件東西。他現在的計劃是「**等**」——等到警方有了發現之後，再從警方的手中，奪得他要的東西！

我沒有**揭穿**他，只想盡快離開，通知傑克上校小心防備，我於是説：「既然你已經放棄搜索，我也沒有什麼可以打聽的了，兩位再見。」

我向門口走去，心中已經估計到柯克船長可能會**阻止**我，果然，我正伸手要去拉門的時候，柯克叫住了我：「衛斯理，請等一等。」

　　我本來打算不理會他，盡快離開，可是他說：「最近幾天，我又搜集到了一些有關那件東西的資料，你可有興趣聽一聽？」

　　好奇心 驅使我轉過身來，「當然有，什麼發現？」

柯克船長説：「首先，那圓球形的物體，至少它露出

岩石 外的那六分之一，表面是十分平滑光潔的。」

我反應平淡，「你好像已經提及過這一點了。」

他繼續説：「還有，那個圓球體，竟然有磁性，它可

能是一塊**鐵**。」

我立時呆了一呆，疑惑道：「你是怎麼得到這些資料

的？」

「我派手下與所有見過那東西的人接觸，當中有人曾

伸手撫摸過那圓球，結果他的一隻**名貴手表**

就出了毛病，修理人員説手表是受了強烈磁性感應的緣

故。」柯克頓了一頓，再説：「如果那圓球有**磁性**，

那就證明它不是天然生長在岩石中的東西。」

我點頭表示同意，「有人嵌進去。」

「問題是，什麼時候的人放進去的？我有一個設想——」柯克船長臉上流露着一股狂熱的神情，「我推想，那圓球是**地球**還處於一團熔岩時留下來的，等到地球上的**熔岩**全成了岩石，它就深埋在岩石的中心，如果不是地殼變化，那一大幅石灰岩成了石林，它永遠也不會被人**發現**。」

我在他講完了之後，略想了一想，「那麼，這圓球是從何而來？」

柯克船長看到我正式和他討論起來，興致更高，説：「這才是真正的問題，而這個問題，亂作猜測也沒有用，我們必須得到這圓球，才能有**答案**。」

我吸了一口氣，「但現在看來，誰也得不到它，因為連搜索隊也找不到那架飛機，飛機不見了。」

柯克船長忽然**眯着眼睛**，望定了我，好像想

向我提出什麼。他望了我好一會，才說：「旁人找不到，那是因為他們的**能力**有問題，所以我才會一開始就想到要找你合作，如果是我和你，再加上儀器的幫助，一定可以找得到我們想找的東西。」

我冷淡地笑了一下，「多謝你看得起我。」

「我直接說吧，我有一個**提議**，我和你，一起加入軍警的搜索組！」

我登時笑了起來，柯克船長真是異想天開，像他那樣的國際通緝犯，居然**妄想**要加入軍警的搜索組。

柯克船長立即解釋：「我的計劃是，你去參與搜索工作，傑克上校一定不會拒絕，你們合作過很多次了。而你再介紹我去，當然，我會**易容**化裝，換上另一個身分，以專家的姿態加入進去，我們一定可以成功。」

我感到了憤怒，「你是在提議，我和你去合作**欺瞞**

？」

　　柯克船長嘆了一口氣，「你別那麼固執，不論我過去做過什麼事，這一次，我只是想找到那架飛機。我想，你也不想那三個**無辜**的科學家，一直沉屍海底吧！」

　　他最後一句話的確打動了我的心，我**猶豫**了一下，「我和你有什麼把握，一定可以找到那架沉在海底的飛機？」

「我自己有很多發明，再加上他們有的大型儀器，別說是海底有一架飛機，就算是一枚針，也可以找得出來。」

「如果照你的 計劃 去做，那麼等於是通過我，將你引進警方去。」

柯克船長攤開了雙手，「那又有什麼關係？我是幫警方做事，不是犯罪！」

我不禁笑了起來，「你倒真會說話，你是幫警方做事，還是想得到那東西？」

「這不是 一舉 兩得 嗎？他們想打撈飛機和屍體，我想得到那東西。而那東西意義更大了，它可能和整個宇宙的奧秘有關！」

他為了說服我，不惜誇大其詞，說成是一件揭開宇宙奧秘的大事，使我不禁覺得好笑。我搖着頭，

「對不起，我不能做這種事，將你引進警方去，那簡直是 **開玩笑**！」

柯克船長嘆了一聲，設法為自己辯護：「警方有關我的那些資料，其實很多是不可靠的。」

「你的提議，我最多只能接納 **一半**。」我説。

「一半？」他疑惑地望着我。

「對。」我解釋道：「那就是，我會去參加他們的打撈工作，不過，一切與你無關，我也不會把你介紹進去。」

柯克船長又嘆了一聲，「那麼，如果你 **遇到** 了 **困難**，不妨來找我。你只要找到陳先生，就隨時都可以找到我了。」

我疑惑地望着他，心中感到十分意外，難道他不怕我通知警方來**逮捕**他嗎？

他好像看出了我的疑惑，笑道：「如果是一般人，我根本不會讓他有機會**出賣**我，早就把他幹掉了。但對於你這種難得一見的人才，我願意給予**兩次機會**，你已經出賣過我一次，只剩下最後一次機會了，希望你這次真的可以考慮清楚，作出明智的決定。」

他這句話表面上是給我選擇的機會，但實際上是**恐嚇**，威脅我如果再出出賣，他就會把我幹掉。

我只是笑了笑，不置可否，就跟他們道別。等到我離開了那幢商業大廈，忍不住又回頭望了一眼，高聳的大廈有着幾百個**窗子**，誰又會想到，在其中一個窗子之中，會有柯克船長那樣的人在。

第八章

以**專家**身分
參加**打撈**

　　離開了陳子駒的公司後，我立即驅車直赴**警局**，求見傑克上校。

　　傑克上校雖然擺出一副不情願的樣子，但還是讓我進了他的辦公室，他用手中的**鉛筆**敲着桌子説：「有什麼事，請快一點説！」

　　「我想參加**海上搜索隊**的工作。」

　　傑克立時瞪大了眼睛，隨即笑道：「你以為自己萬

能？衛斯理，潛水並不是你的強項，算了吧！」

「但是*解決古怪*的問題，卻是我的所長。你們搜索好幾天了，那麼大的一架飛機居然也找不到，這不是很古怪嗎？」

傑克上校皺起了眉，顯然覺得我的話有道理，便說：「好吧，你可以去向林上尉那裏報到，作為警方邀請來協助的人。我寫 公文 給你。」

「那位林上尉是——」

「他是一艘巡邏艇的指揮官，實際的搜索工作由他來負責，他現在正在海面上，要不要警方派 直升機送你去？」

「當然最好。」我微笑道。

他於是吩咐秘書準備一封簡短的公文，並安排了直升機，送我前往目的地。

　　四十分鐘後，我看到了海面上的搜索隊，由許多船隻組成，直升機 *降落* 在最大的一艘軍用巡邏艇上，一個年輕的上尉軍官，走過來和我握手。

　　這位軍官高大而黝黑，顯得很熱情，一望便知是容易相處的那一類人，他握緊我的手，連聲道：「**歡迎**，**歡迎**，衛先生，歡迎你來幫我們解決疑難，我已召集了所有相關人員，一同商討問題！」

　　我將傑克的公文給了他，然後跟他進入主艙，立時發現方廷寶也在搜索隊伍之中。

　　方廷寶是極其出色的潛水專家，能獲得警方 *邀請* 來協助搜索，也不奇怪。但是他見到我之後，神色十分尷尬，使我覺得，他並不是純粹為警方服務那麼簡單，他可能仍然在替柯克船長辦事，所以怕我將 **他** 和 *柯克* **船長** 之間的 **關係** 説出來。

但我並沒有戳穿他，因為我知道他一定會矢口否認，到時彼此爭拗起來的話，有可能**兩敗**俱傷，我和他都不獲信任，被排除在搜索隊伍之外。

所有人都圍在一張**會議桌**前，除了上尉、方廷寶和我之外，還有不少潛水人員、軍官和警官，林上尉替我一一介紹完畢之後，一個警官就攤開了一張海圖來。

他指着海圖中的一點說：「根據種種情報，飛機是在這裏墜海的。我們也是從這裏開始搜索，我們所使用的儀器，有能力**探測**到海底八百呎深的金屬反應，而這裏的海域，其中最深的一道**海溝**，也只不過六百八十呎。可是到今天為止，已經搜索了**直徑**十二海哩的範圍，也未曾發現那架飛機。」

我隨即問：「海底的實際搜索，有沒有進行過？譬如説，用一艘小型潛艇，在 **海底** 尋找之類。」

「暫時沒有。」林上尉説：「因為探測儀器還未能確定飛機的大概位置，我們打算等儀器有反應了，才讓潛艇下去仔細搜索。」

我笑道：「有時候，人的 **雙眼** ，比任何儀器都來得可靠，因為即使人看到了從未見過的情況，仍能作各種不同的推測，而儀器卻沒有這種本領。」

林上尉呆了一呆，才問：「那麼，**閣下的意見是——**」

「我的意見是用小潛艇在海底作實際的搜索，我們是不是有那樣的小潛艇？」

「有一艘，是方先生帶來的，可以容納 **兩個人** 。」林上尉説。

「那還等什麼？」我說：「就讓我和方先生進行搜索，從飛機可能墜海的地點找起，一架飛機，決不會在海底消失，可能是有什麼東西將它擋住了，所以儀器才會**沒有反應**，一定要直接下海去看才知道，各位同意我的見解嗎？」

不少人都點着頭，反正只由我和方廷寶去執行，抱着**一試無妨**的心態，他們實在也沒有反對的理由，問題是方廷寶是否贊成？而林上尉又願不願意承擔這個決策責任？

我向方廷寶望去，問：「方先生，我來當你的助手怎麼樣？」

我 **故意** 這麼説去逗他，因為他當初就是以找我當助手為名，騙我去見柯克船長的。

方廷寶的臉色變得很 **蒼白**，竭力掩飾着心中的不安，説：「很高興和你一起工作！」

既然方廷寶也同意，林上尉也決定讓我倆去試試看。

我們一起來到甲板上。方廷寶的那艘潛艇，就掛在甲板上，那艘潛艇的大小恰如一輛跑車，是 **尖形** 的，前面有着一排玻璃窗，外形非常討人喜歡。

方廷寶先向我解釋這艘潛艇的性能，和它的操作方法。當他説到一半的時候，我已經知道，這艘潛艇一定是柯克船長的 **傑作**。

　　我們在艇中逗留了大約半小時，就關上了艇蓋，讓甲板上的人將潛艇漸漸沉進水中。潛艇進入水中之後，掛鈎脫離，由方廷寶駕駛着，向前駛去，**一面前進**，一**面下沉**，很快就沉到貼近海底行駛了。

　　我專心地四面看着，問道：「照你的看法，為什麼飛機落海之後，會找尋不着？」

　　方廷寶說：「那很難說，剛才你提出，它可能被什麼東西擋住了，我認同是原因之一。也有可能是恰好飛機下沉的地方，海底是一片浮沙，那麼，飛機就會沉進浮沙之中，自然找不到了。」

　　「如果飛機真的沉進了浮沙之中，豈不是永遠也發現不了？」

　　「那只不過是我的想像，事實上這一帶的海砂，不可能超過六呎厚。」

我吸了一口氣，不再說什麼，過了一會，方廷寶說：「現在我們所在的位置，就是假設的飛機墜海地點。」

我向前看去，海底很平青爭，平靜得出奇，幾乎沒有魚，只有在一堆岩石上可以看到很多附生着的海葵。

「你有這一帶海域的潛水經驗？」我問。

方廷寶點頭道：「有，超過一百小時。」

「你不覺得海中的魚類太少了？」

「我上兩次潛水時，已經注意到這一點了，可能有一群鯊魚在附近，其他的魚都給嚇走了。」

我心中更是疑惑，「如果這種現象已經維持幾天以上，那就不會是鯊魚，鯊魚很少固定在一個地方不動，而且我們也看不到鯊魚。」

方廷寶轉過頭來望我，「那麼，你認為是什麼特別的原因令魚少了？」

我搖頭道：「我不知道，但是我可以肯定，這一帶的海底，一定有着什麼不尋常的事發生。」

潛艇一直在海底 **打着圈子** 向外搜索，沒多久，我就發現，當潛艇向北駛的時候，海底的情形比較正常一些。

而當潛艇駛向南的時候，海水中的魚類似乎愈來愈少，再接着，我們看到了海底的沙上，有着幾道極深的 **痕迹**，直通向前去。

那樣的痕迹實在十分古怪，就好像有人在海底 **拖着重物** 走過一樣，我向那些痕迹一指，「那是什麼？」

方廷寶的神色顯得十分嚴肅和緊張，他望着那些痕迹，嘴唇掀動着，發出十分低的聲音説：「天啊，這是什麼東西造成的？」

第九章
海底涉險

看到方廷寶的緊張反應，我也**吃了一**，因為他是一個潛水經驗十分豐富的專家，見聞極廣，但他顯然也未曾見過海底裏有這樣奇怪的痕迹。

他將潛艇停在一塊岩石的後面，我慌忙問：「這些痕迹，表示了什麼？」

他說：「我不知道，但正如你剛才所講，一定有什麼古怪的事在海底發生，我們不能再繼續前進，必須向上面**報告**！」

我呆了一呆，「向上面報告有什麼用？我們下海來，就是為了探索有什麼事在海底發生，現在既然有了一些發

現，為什麼不再前進？」

　　方廷寶的神情顯得很猶豫不決，在我一再**催逼**之下，才嘆着氣道：「照我的估計，這些痕迹可能由巨大的**海洋生物**所造成！」

　　聽了他這麼説，我反而鬆了一口氣，「我還以為是某國特務的超級潛艇所造成，如果只是海洋生物，我們怕什麼？」

　　方廷寶吸了一口氣，「我倒寧願有一艘敵方的潛艇在前面。你不知道，海洋中的生物，有時龐大得令人難以想像，我見過足有**五呎長的大蝦**，也看到過──」

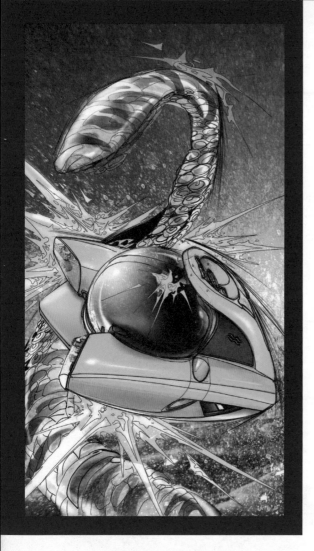

他才講到這裏，在那幾道痕迹向前直去的地方，有一大堆岩石忽然動了起來，我不禁叫了一聲，只見海水突然變得一陣**混濁**，在那混濁的海水之中，有一條直徑足有一呎粗、**黑白相間**、圓形的條狀物，直伸了過來，重重地擊在潛艇之上。

那力量之大，使整艘潛艇像**陀螺**一樣旋轉起來。

這變故實在來得太突然了，我和方廷寶兩人根本來不

及作任何準備，當小潛艇第一次**翻倒**的時候，我的頭重重撞在潛艇的頂部，而我的背部則不知道撞到了什麼硬物，那東西被我壓斷了，發出了「啪」的一聲，我的背部也是一陣奇痛。

接下來，根本就像是**世界**末日一樣，我和方廷寶兩人的身子被拋上拋下，窗外面的海水一片混濁，無數**氣泡**向上升了起來。方廷寶在天旋地轉之中勉力拉下了一根控制桿，使潛艇在翻滾中向後退了出去。等到潛艇終於停止了翻滾，我和方廷寶兩人才有了喘息的機會。

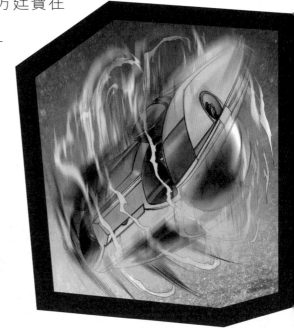

「這⋯⋯這是什麼？」我喘着氣問。

「別問那是什麼，我們快回去！」方廷寶面色鐵青，一面叫着，一面**手忙腳亂**地去發動潛艇。

可是機器顯然已經失靈了，他的面色也愈來愈青，而我也看到，潛艇的**螺旋槳** 斷裂開來，正在向外飄去，我拍了拍正在忙碌操作、頭上已在冒汗的方廷寶的肩頭，向窗外指了指。他向窗外一看，就像是被判了死刑一

樣慘叫：「**我們完了！**」

我忙道：「為什麼完了？潛艇雖然損壞了，可是我們有全套的潛水設備，可以浮出海面去！」

「離開潛艇？**我們還不夠牠塞牙縫！**」方廷寶的手顫抖着指向前面，「你看！」

我向前看去，這時海水已漸漸變清，我首先看到了一座緩緩移動着的小山，在那座「小山」之下，有着許多條長長的、圓圓的、很粗的帶子，我還看到了一對直徑足有兩呎，閃耀着幽綠色光芒的**巨大眼睛**。

我只感到一陣發麻。天啊，那是一隻烏賊！**一隻碩大無朋的烏賊！**

而剛才那一下猛烈攻擊，就是那大烏賊的**觸鬚**揮過來，一定是潛艇的燈光刺激了牠。

附近海域魚類稀少之謎，總算揭開了。而那架失事飛

機之所以遍尋不獲之謎，也同時解開，因為我看到牠龐大如山的身體下，有一角機翼顯露了出來，原來沉沒的飛機被牠**巨大的身體**完全掩蓋住了，怪不得儀器難以探測。

這時方廷寶正神色倉皇，滿頭大汗地操作着無線電通訊儀，慌張地説：「**通訊系統**壞了，我們和上面失去了聯絡！」

我們在一艘損壞了的潛艇中，面對着每一條觸鬚都至少有一百公呎長，身體大到可以蓋住整架飛機的大烏賊，方廷寶急得如**熱鍋上的螞蟻**，「怎麼辦，我們不能永遠這樣等下去，潛艇中的壓縮氧氣供應，至多還能維持四小時！」

「**筒裝氧氣**呢？」我問。

「一共是四筒，我們兩個人，可以使用一小時左右。」

我點了點頭，「別慌張，我們還有 **五小時** 的時間來想辦法。」

方廷寶苦笑着，「但是那大烏賊 **隨時** 可以襲擊我們！」

的確，那大烏賊隨時可以向我們 **進攻**，但是我立即又想到了一點：「我想不會，那大烏賊伏在飛機上，至少已經有好幾天了，牠幾天內沒有移動過，現在也不見得會輕易移動。

照你看來，這隻**大烏賊**在幹什麼？」

　　方廷寶的神情雖然還是很惶急，但已經緩和了一點點，他說：「如果已經伏在那裏幾天不動的話，那麼，牠很可能在保護自己所產的**卵**。」

　　我點了點頭，方廷寶海洋知識豐富，他的推測很有道理。換句話說，這烏賊不會隨便亂動，**除非必要**。

　　我將這一點說出來，方廷寶啞着聲說：「你的意見是，我們可以離開潛艇，浮到水面去？」

　　「正是。」我說：「牠不會離開自己的卵，而我們的潛艇已經超出了牠觸鬚可夠及的範圍，這是我們逃生的**唯一方法**了。」

　　方廷寶卻搖頭道：「可是你看牠的口、牠的身體，就像是一個大皮囊，當牠張開大口吸進海水時，那巨大的**吸力**一樣可以將我們吸過去！」

「這樣說來，我們沒有辦法，只能在這裏等死了？」

方廷寶抹着汗，現出**苦澀**的笑容，「至少，目前是沒有辦法。」

我們一直注視着那隻大烏賊，牠似乎也在注視着我們，那雙巨大而幽綠的眼睛在緩緩地轉動着，像小山一樣的身體起伏得很有規律，一根根觸鬚時不時**撥動**着海水，我們和牠雖然隔得相當遠，但牠每次撥動海水，都令潛艇**左右搖擺**。

時間慢慢過去，我和方廷寶已經不說話，只能寄望上面的人快點**察覺到異樣**，派人來拯救我們。

但想到這裏，我又不禁苦笑起來。因為，就算上面的人知道我們出事了，派人來營救，他們也絕想不到我們是遇上了一頭巨大無比的烏賊。前來的**救兵**若沒有對付大烏賊的準備，恐怕也自身難保，更遑論救我們脫險了。

第十章

脫險之計

方廷寶雙手抱着頭，身體不由自主地發着抖，就像作**死前禱告**一樣。

我轉頭向窗外望去，看到了斷落在十碼之外的螺旋槳，這螺旋槳已斷掉了三分之一。我在想，如果能將這**三分之二的螺旋槳**✿，安裝回到推進器上，潛艇或許仍能開動，只是速度會大大減慢而已，但也足夠脫險了。

我立時推着方廷寶，當他鬆開雙手，抬起頭來時，我將我的想法告訴了他。

他呆呆地望着我，一點反應也沒有。我知道他心中在

想些什麼，便説：「你放心，我不是要你離開潛艇，**我去！**」

我打開了後艙的門，鑽了進去，關上了艙門。後艙是一個十分狹窄的空間，我在那裏換上了潛水設備，又打開了一個圓門，當圓門才打開一道縫之際，海水就湧了進來，轉眼間，整個後艙便全是 **海水** 了，我才將門完全打開，然後慢慢地浮了出去。

我游出了潛艇，抓住潛艇上的環，向前望去時，不禁 **渾身戰慄**，因為我和那隻大烏賊之間已經毫無阻隔，猶如在 **森林** 裏面對着一大群沒有遮攔的餓虎！

我觀察了很久，直到肯定那大烏賊並沒有因為我的出現而有所異動，我才離開了潛艇，慢慢地向前游去。我游得十分慢，花了好幾分鐘，才游到那塊折斷了的螺旋槳旁邊，伸手撿了過來。

就在這個時候，我發現那大烏賊兩隻幽靈般的綠色眼睛轉了過來，望定了我，簡直像**兩盞探射燈**一樣！

我緊張得屏住了氣息，一動也不敢動，那大烏賊緩緩地移動牠的**觸鬚**，向我伸過來。

我剎那間不知所措，該靜止不動，還是該逃跑呢？當我仍在考慮的時候，牠的觸鬚已伸到了我面前三五碼處，觸鬚上的每一個**吸盤**，直徑都在一呎以上，吸盤在蠕蠕地移動，可怖到極。

我一動也不敢動，感覺自己好像在另一個**星球**上，對着一個碩大無朋的外星怪物。

我已經無處可避了，但就在這時，一條**魔鬼魚**救了我，那條魔鬼魚就在我前面，突然游動而起，牠的身子本來是埋在沙中的，連我也未曾發現牠，如果牠繼續不動的話，就不會成為那大烏賊的目標。

可是牠卻沉不住氣，突然游了起來，那只不過是 **百分之一秒** 的事，大烏賊的觸鬚立時向牠捲去。那條魔鬼魚也足有兩三碼長，但一被捲住，就給扯了過去。而我亦立即趁機游開。

海水被大烏賊的觸鬚捲起了一股 **漩渦**，我竭力地游，幾乎不能相信，居然能游到了潛艇的旁邊。

這時候，四周的海水已經一片混濁，我根本 **看不清** 那隻大烏賊在幹什麼，只能希望牠正在享受那條魔鬼魚，不會再來對付我。

我在潛水出來的時候，已帶了一些 **簡單的工具**，這時我定了定神，將那三分之二的殘破螺旋槳套回去原位，又用 **鋼線** 將它固定。

一般 **現代化** 的小型潛艇，要用這樣簡陋的方法來安裝螺旋槳，實在是一件十分可笑的事。可是在眼前的情

勢下，我也沒有別的辦法可想了。

　　我盡量使螺旋槳固定得穩當，然後鑽進了後艙，開動**抽水機** ，抽出了後艙中的水，再脫下了潛水裝備，回到了艙中。

　　我看到方廷寶雙手掩着面，身子在發抖，我大聲道：「我回來了！快試試**發動潛艇**！」

　　方廷寶卻瞠目結舌地望着我，驚恐道：「我……我看到牠的觸鬚向你伸過來！」

　　「是的。」我拍了拍他的肩頭說：「別提這件事了，我已盡我所能，固定了螺旋槳，你快試試後退！」

　　方廷寶深深地吸了一口氣，拉下了控制桿，小潛艇突然左右搖擺着，**抖動**起來，但是儘管潛艇顫動得屬害，也總算能慢慢地往後退了。

　　潛艇向後退，方廷寶的信心又增加了不少，他漸漸壓下控制桿，潛艇抖得更屬害，但是速度也更快，十分鐘之後，已經離開那大烏賊有兩三百碼了。

　　在這樣的距離之下，憑肉眼已經無法察覺到大烏賊的存在，因為牠**龐大的灰白色身軀**，看來簡直就是海底一大堆的石頭。

　　潛艇還在繼續後退，然而沒多久，艇身一陣**劇烈顫動**，我又看到螺旋葉向外飛了出去，潛艇立時翻倒沉在海底不動了。

方廷寶這次沒有太緊張，反而興奮道：「好了，我們可以 **浮上水面** 去了！」

我和他一起來到後艙，十分鐘之後，我們換好了潛水裝備，慢慢地向水面浮去。

等到我們終於浮出了水面之後，最近的船隻離我們也相當遠，方廷寶立時射出了 **兩響** 信號**槍**，沒多久，一艘快艇就向我們駛來，我們看到

林上尉也在艇上。

快艇 駛到了我們的身邊，我們攀上了艇，林上尉十分緊張地問：「你們遇到了什麼意外？」

想起剛才的經歷，方廷寶猶有餘悸，除了喘氣之外，**一句話也說不出來**。

我也喘了好一會氣，才說：「上尉，只怕你怎麼也想不到，有一隻極巨型的大烏賊，伏在失事飛機之上，牠的身子全壓在飛機上，而我們也幾乎被牠**吞**了。」

林上尉呆了一呆，我繼續說：「現在，飛機總算找到了，我也記住了正確的位置，只要想辦法對付那隻大烏賊，問題就能解決。然而，這難題可能比搜索飛機更**棘手**。」

林上尉似乎不大相信，覺得我有點誇張，這也難怪他的，因為他未有親眼看到那巨大的烏賊有多可怕，憑他怎麼想像，也想像不出來。

這時方廷寶也提醒他：「上尉，請趕快將船隊**往後撤**，那隻大烏賊現在雖然蟄伏不動，但如果忽然移動起來，海面上的船隻一樣有危險！」

林上尉看到我倆說得這麼嚴重，也不得不**提高戒心**，回到主艦後，立即和上級聯絡。在所有船隻都後撤了四分之一海哩之後，一架直升機把傑克上校和另外兩個人送來。

傑克上校一見到我，就問：「你在海底究竟發現了什麼？」

他的話充滿了**挪揄**的意味，相信他已經聽了簡報，覺得我是在開玩笑。

我沉着臉表示事情嚴重，嚴肅地說：「我發現了那架飛機，而有一隻極大的烏賊，**伏在飛機** ✈ **之上**！」

傑克想笑，但見我們都那麼嚴肅，便轉身向他身後其中一個 **中年人** 請教：「朱博士，你認為有可能麼？」

這位 **朱博士** 顯然是海洋生物學家，他的神情也很嚴肅，「也不無可能，據這兩位先生的報告，那隻烏賊似乎比已經發現過的任何大烏賊都要大。」

另外一位跟傑克來的 **將軍** 插言道：「我以為海洋中最大的生物是藍鯨。」

朱博士點頭道：「**藍鯨**自然是龐大，但海洋世界深不可測，我們所知的實在太少了。如果有人發現比藍鯨更大的海洋生物，例如大烏賊，我也不會感到奇怪，因為那是大有可能的。」

「你認為我們該怎麼辦？用**武器**將牠擊斃？」傑克問朱博士的意見。

「盡量不要。」朱博士緊張道：「如此巨大的烏賊，很有研究價值，必須小心應付，盡可能**不要傷害牠**。況且，你們的目標是要打撈三位科學家的**遺體**，還有飛機的**黑盒**。如果使用武器，只怕連你們要打撈的東西也保全不了。」

「可是牠盤踞了我們要打撈的東西，不對付牠，我們就永遠無法完成任務。」上尉説。

朱博士想了一想，説：「可以先試着將牠弄走。例如派出 **海洋探索潛艇**　，嘗試誘捕或驅趕那隻大烏賊，然後才打撈飛機。」

他們顯然還是大大低估了那烏賊的力量，我連忙提醒道：「不帶任何武器靠近那大烏賊，那等同去**送死**。」

傑克思考了一會，想到了一個折衷的辦法：「這樣吧，如朱博士所説，派海洋探索潛艇和這方面的專家，嘗試去 **誘捕** 或 **驅趕** 那大烏賊。但同時亦請求軍方派出軍事潛艇隨行保護及戒備，以防萬一。怎麼樣？」

各人面面相覷，也想不到更好的方法了，於是紛紛**點頭贊成**，就按這個計劃去辦。（待續）

衛斯理系列 **少年版 26**

魔磁 ⊕

作　　　者：衛斯理(倪匡)

文 字 整 理：耿啟文

繪　　　畫：鄺志德

助理出版經理：周詩韵

責 任 編 輯：梁韻廷

封面及美術設計：雅仁

出　　　版：明窗出版社

發　　　行：明報出版社有限公司

　　　　　　香港柴灣嘉業街 18 號

　　　　　　明報工業中心 A 座 15 樓

電　　　話：2595 3215

傳　　　真：2898 2646

網　　　址：http://books.mingpao.com/

電 子 郵 箱：mpp@mingpao.com

版　　　次：二〇二二年十月初版

I S B N：978-988-8828-27-2

承　　　印：美雅印刷製本有限公司